LE CHOLÉRA A MARSEILLE

OU LE

TRIOMPHE DE LA CHARITÉ,

POËME,

Par F.-H. DURBEC.

◈-1838-◈

Dedié à la Jeunesse Marseillaise.

Prix : 1 Franc.

A MARSEILLE,

Chez tous les Libraires.

AVANT-PROPOS.

MARSEILLE, ravagée par un fléau terrible et secourue dans ses maux par une charité ardente et généreuse, m'inspira la pensée de composer ce petit ouvrage. Ce n'est point le produit d'une imagination brillante et féconde, mais l'expression naturelle des sentiments que le cœur éprouvait à la vue de tant de souffrances et de tant de charité! Marseille, cette cité si florissante, livrée aux fureurs du choléra et tombant sous les coups du redoutable fléau; le sublime devoûment d'une jeunesse ardente et généreuse; le concours unanime d'une population entière à soulager les infortunées familles auxquelles la mort venait enlever tout moyen d'existence; le zèle infatigable de nos prêtres et de nos docteurs; enfin les prières et les cérémonies d'une religion triomphante ouvraient un vaste champ à l'imagination.

Deux motifs m'ont porté à différer jusqu'à aujourd'hui la publication de cet ouvrage : le premier, c'est la terreur naturelle à un jeune homme inconnu qui, pour la première fois, ose aborder la carrière poétique; le second, c'est la crainte de rouvrir des plaies encore saignantes, par le récit douloureux de nos infortunes. Le droit qu'un premier ouvrage a toujours à l'indulgence du public m'a fait vaincre le premier; la distance de l'époque m'a fait franchir le second.

Je ne me suis point attaché à préciser les faits et à suivre graduellement la marche de la maladie; la poésie n'aime point comme l'histoire une trop grande régularité; mon ouvrage est moins l'historique du choléra, que l'expression fidèle des sentiments produits par les effets d'un fléau redoutable. S'il ne plaît point aux hommes érudits, il pourra du moins, je l'espère, avoir quelque attrait pour les âmes sensibles et vertueuses : c'est là le seul but que je me propose; puissé-je le voir couronné !

LE CHOLÉRA

A MARSEILLE

ou

LE TRIOMPHE DE LA CHARITÉ.

Souvent quand des mortels la foule audacieuse
Méconnaît du vrai bien la morale pieuse,
Et que ce Dieu, puissant et sévère à la fois,
Frappe d'un bras vengeur les peuples et les rois,
Terrible est son courroux, terrible est sa vengeance.

Marseille, ce Paris de l'antique Provence,
Avait vu depuis peu le vieillard languissant,
Le jeune homme, la vierge et le débile enfant,
Victimes à la fois d'un fléau redoutable.
Le CHOLÉRA!!.. (j'ai dit son nom épouvantable)
De ses ongles de fer déchirait la cité
Et vomissait la mort sur le peuple attristé.

Tout respirait le deuil, la tristesse et les larmes;
Le soldat de ses mains laissait tomber les armes;
La vierge dans son cœur sentait mourir l'amour;
Le jeune homme lui-même avait fui le grand jour,
Et la ville, en tout lieu, déserte et solitaire,
Eût semblé pour toujours éteinte sur la terre.
. . . .
. . . .

Que de sages vieillards, que de jeunes victimes
Descendent tour à tour dans la nuit des abîmes!
Le terrible fléau frappe indistinctement
Le vieillard décrépit et le débile enfant,
Le riche vaniteux et l'artisan modeste:
Tout périt, tout succombe à son souffle funeste.
Voyez ce malheureux frappé du trait meurtrier:
Il eut beau s'animer d'un courage guerrier;
Vainement il brava le fléau redoutable;
Aux ennemis jadis ce bras si redoutable,
Immobile et couché sur un lit de douleur,
Avoue et reconnaît un bras supérieur.
Celui que respecta le feu de cent batailles,
Qui vit tomber d'Alger les superbes murailles,
Tombe à son tour, frappé du fléau destructeur,
Plus digne de mourir, hélas! au champ d'honneur!
Là du moins le laurier eût ombragé sa tombe;
Mais en ce jour funeste où tout meurt et succombe,
Dans la foule des morts indignement couché,

A nos yeux son tombeau demeurera caché ;
Nulle marque d'honneur , nul insigne de gloire
Ne gravera son nom au temple de mémoire ;
Peut-être même, hélas! ses amis inconstants
Oublîront qu'avec gloire il combattit vingt ans.

 Cet auguste vieillard , que partout on révère,
Par ses rares vertus, par sa sagesse austère,
Pendant quatre-vingts ans de la mort respecté,
Il a vu succomber l'arbre qu'il a planté ;
Mais, hélas! tout-à-coup le fléau redoutable
Frappe inhumainement sa tête vénérable.

 Ce jeune adolescent qui passait tour à tour
Des rêves de la gloire aux rêves de l'amour,
D'un heureux avenir il conçut l'espérance ;
Un jour son bras peut-être eût illustré la France,
Peut-être qu'un amour tendre et voluptueux
Eût enfin couronné ses ligitimes feux ;
Peut-être le bonheur.....; mais, ô destin funeste !
Il tombe et des mourants va rejoindre le reste......

. . . .

. . . .

Hier encore, au milieu d'une troupe joyeuse,
Il bravait du fléau l'atteinte rigoureuse;
Mais soudain l'a touché son souffle vénéneux ,
Et sur ce front jadis si beau, si gracieux,
Se peint en ce moment une pâleur mortelle,
D'une prochaine mort image trop fidèle.

Amours voilez son front du funèbre linceuil!
Répandez quelques fleurs sur son pâle cercueil!...
  Et cette jeune fille au souris plein de charmes,
Vierge encore, son cœur ignorait les alarmes;
La paix et le bonheur habitaient dans son sein;
Rien n'avait obscurci son front pur et serein;
L'amour et ses regrets à son âme novice
N'avaient point imposé de cruel sacrifice;
Elle aimait cependant nourrir son jeune cœur
De tendres sentiments, de rêves de bonheur.
Un heureux avenir a semblé lui sourire;
Après de si beaux jours son tendre cœur soupire;
Mais une nuit terrible a dissipé soudain
Ces rêves de bonheur enfantés le matin.....
Elle n'est plus, hélas! sa mourante paupière
Pour jamais s'est fermée à la douce lumière.
Oh! puissent, dans les cieux, tous les anges en chœur
L'admettre au rang choisi des vierges du Seigeur!

  Ces tableaux effrayants, ces scènes lamentables,
D'un fléau destructeur résultats déplorables,
Ont glacé les esprits de crainte et de frayeur:
Le peuple épouvanté recule avec horreur;
L'imagination augmente les alarmes;
On n'entend que des cris, on ne voit que des larmes.
Partout les noirs replis du crêpe de la mort
Annoncent qu'un mortel vient de finir son sort.

Le son lugubre et sourd de la cloche voisine,
Le funèbre cercueil qui lentement chemine,
Et ces noirs chariots de cadavres puants,
Agitent les esprits d'affreux pressentiments.
Le riche qui naguère, au sein de l'opulence,
Savourait les plaisirs d'une heureuse abondance,
A l'aspect de la mort d'épouvante glacé
Abandonne son or avec peine amassé ;
Il a vu le péril qui menaçait sa tête :
Dès lors, pour l'éviter il n'est rien qui l'arrête ;
Il vole respirer, sous un ciel plus serein,
Un air plus agréable et plus pur et plus sain.
Le modeste ouvrier qui vit de son salaire,
Le pauvre qui gémit au sein de la misère,
Tout s'éloigne, tout fuit, redoutant l'affreux sort
De ceux qu'à moissonnés le glaive de la mort ;
Tant la vie au malheur est précieuse encore !
Quelquefois un venin qui brûle et qui dévore
Sous un ciel étranger poursuit le malheureux
Que la crainte et l'espoir conduisaient en ces lieux ;
Il succombe à la fin au poison qui le tue.

Cependant, dans les murs de Marseille éperdue,
L'autorité, prudente, annonce aux habitants
Que, voulant arrêter les progrès effrayants
Qu'avait faits depuis peu l'affreuse maladie,
On allait établir dans la ville chérie

Un asile où des cœurs tendres et généreux
Prodigueraient les soins les plus officieux
Aux malades frappés du fléau redoutable ;
Les généreux bienfaits du riche charitable
Avec reconnaissance y seraient recueillis.
   La charité déjà remue les esprits ;
Déjà le cœur brûlant d'une aimable jeunesse
A soigner le malade avec ardeur s'empresse :
Rien ne peut arrêter leurs soins affectueux ;
L'image de la mort n'effraye point leurs yeux ;
Au chevet des mourants leur foule répandue
Cherche à dompter un mal qui dévore et qui tue ;
La ville, insuffisante à leurs soins vigilants,
Ouvre à leur piété ses faubourgs et ses champs,
Et tant qu'ils ne voient point le fléau disparaître,
Leur vive charité brille et se fait connaître.
Sublime dévoûment ! ô cœurs trop généreux,
Puisse vous respecter le mal contagieux !
Puissiez-vous, au milieu de nos places publiques,
Voir briller sur vos fronts les couronnes civiques !..
Puisse encore ma voix, puissent mes faibles chants
Redire à l'avenir vos services touchants !
Et que vos noms chéris, répétés d'âge en âge,
Rappellent les vertus de votre grand courage.
Ah ! si, par le décret d'un funeste destin,
A tant de charité vous succombez enfin,
Mes amis, dans les cieux, la couronne immortelle

Brillera sur vos fronts et plus riche et plus belle ;
Digne prix de vos soins et de tous vos bienfaits,
Votre bonheur là-haut ne finira jamais.

Le riche, qui naguère, au sein de la molesse,
Repoussait le malheur avec tant de rudesse,
Ne peut voir, sans pitié, le peuple infortuné
A mourir du fléau tristement condamné ;
Son cœur dur autrefois n'est plus qu'un cœur de père;
Il adoucit ses maux, soulage sa misère.
Le paisible artisan et l'honnête ouvrier
Viennent offrir aussi leur modeste denier:
On les voit tour à tour, d'une main secourable,
Adoucir les horreurs d'un destin déplorable.

O vous! infortunés qu'un fléau rigoureux
Pour jamais sépara d'un père vertueux,
Rassurez-vous, le ciel, propice à l'innocence,
Désormais veillera sur votre tendre enfance;
Dans les paisibles murs d'un cloître vertueux,
Exempts de tout souci, vous grandirez heureux ;
Formés à la vertu dès votre plus jeune âge,
La paix et le bonheur seront votre partage.
Et si le monde un jour vous rappelle en son sein,
Vous n'oublîrez jamais qu'un vertueux chrétien
Doit toujours conserver sa première innocence
Et que tel fut le vœu de votre tendre enfance.

Et ces prêtres, sacrés ministres des autels,
Voyez-les recueillis dans leurs seins paternels;
Les soupirs étouffés de l'âme qui s'envole,
Des sublimes vertus la touchante auréole
Brille d'un vif éclat sur leurs fronts radieux;
Rien ne peut refroidir leurs soins religieux;
Un zèle ardent préside à leur saint ministère :
Tels les apôtres saints de l'église première,
De la contagion bravant le vain effort,
D'un œil tranquille et calme envisageaient la mort.
Rien ne peut refroidir l'ardeur qui les anime;
Rien ne peut effrayer leur courage sùblime :
Dans le cœur des mourants, qu'ils ne quittent jamais,
Ils raniment bientôt l'espérance et la paix;
Ils opposent aux traits du fléau redoutable
Les sublimes efforts d'un zèle infatigable,
Versant à pleines mains dans ces cœurs malheureux
De la religion les trésors précieux.
Ainsi ces hommes saints, sans crainte et sans alarmes,
Consolaient tous les cœurs, séchaient toutes les larmes.
Puissent du moins les traits du fléau inhumain
Respecter à jamais leur trop généreux sein.

Et ces hommes savants, dont l'étude sévère
Perça du corps humain le ténébreux mystère,
Aux hommages publics ont aussi quelques droits :
Puissent mes faibles chants, puisse ma faible voix
Célébrer sur le ton de la reconnaissance

Les sublimes efforts de leur vaste science.
Ils ne se lassent point; aussi l'heureux succès
Vint parfois couronner leurs habiles essais.

Cependant le fléau, toujours plus redoutable,
Déchaîne sans pitié sa fureur implacable :
Tout tombe, tout fléchit sous ses coups inhumains;
Des milliers de cercueils bordent tous les chemins.
Le désespoir mortel s'est emparé des âmes.
Que de jeunes époux et que de jeunes femmes,
Victimes à la fois d'un fléau destructeur,
Voient briser à jamais leur chaîne de bonheur!.....
L'amour embellissait leurs trop courtes journées ;
Mais un jour a flétri leurs belles destinées.

Une femme, c'était le quarantième jour
Que pour elle brûlait le flambeau de l'amour,
D'un époux jeune et beau l'orgueil et les délices,
Elle avait de l'hymen goûté les doux prémices;
Les plaisirs, le bonheur et ses brillants appas
Partout l'environnaient, partout suivaient ses pas;
Rien ne manquait, hélas! au charme de sa vie;
De bonheur et de joie son âme était remplie.
Déjà les plus doux vœux, le plus tendre désir,
Dans son cœur maternel venaient de s'accomplir :
Le ciel, toujours propice à la douce prière,
Avait au nom d'épouse uni celui de mère;

Son sein avait conçu; le fruit d'un tendre amour
Devait bientôt jouir de la clarté du jour;
Bientôt ce gage heureux d'une douce tendresse
Allait remplir son cœur d'une vive allégresse.
Elle croyait déjà voir ses jeux innocents
De joie et de bonheur remplir tous ses moments.
D'un avenir si beau son âme impatiente
Accusait du soleil la carrière trop lente.
Combien son cœur encore éprouvera d'ennui
Avant qu'à ses regards un si beau jour ait lui!
Mais enfin il viendra ce moment plein de charmes,
Où l'ennui, la douleur, la crainte et les alarmes
Feront place aux douceurs de l'amour maternel.
Quel sera son bonheur lorsqu'au pied de l'autel
Elle présentera l'enfant de sa tendresse!
Quels seront les transports de sa vive allégresse
Lorsque, pressant ce fils si cher contre son sein,
Elle lui donnera le baiser du matin!
Alors qu'ouvrant au jour sa naissante paupière,
Il voudra bégayer le tendre nom de mère!....
Non rien n'égalera les transports de son cœur.
O soleil, viens hâter le jour de son bonheur.

   Hélas! semblable au feu qui brille dans la nue,
Sa chaîne de bonheur aussitôt s'est rompue;
Elle tombe frappée, hélas! du noir fléau,
Et pour elle bientôt la pierre du tombeau
Va s'ouvrir et soudain se refermer encore......

Déjà ce mal cruel qui brûle et qui dévore
Sur son front gracieux fait sentir ses rigueurs;
Son beau corps est en proie aux plus vives douleurs;
Cette bouche où brillait une teinte rosée
Languit en ce moment, pâle et décolorée;
Ces yeux dont le regard exprimait tant d'amour
Semblent se dérober à la clarté du jour,
Et ce beau sein, jadis brillant siége des grâces,
N'offre plus en ce jour que les funestes traces
D'un mal contagieux et mortel à la fois,
Qui frappe impunément le peuples et les rois.
Le prêtre, à ses côtés, muni du Saint-Rosaire,
Elève jusqu'au ciel sa touchante prière,
Et dans ce cœur flétri, séché par la douleur,
Il cherche à ranimer une pieuse ardeur:
Il lui fait voir au ciel les plus pures délices;
Et dans ce monde, hélas! les plus grands précipices;
Le plaisir à l'instant suivi du déplaisir;
Enfin, le sort fatal que l'homme a dû subir.

Ces paroles de paix réveillent dans son âme
De l'amour de son Dieu la pure et sainte flamme.
Sans peine elle renonce au séjour des mortels:
Elle a vu le bonheur des esprits immortels.
Mais quand son jeune époux vit sa main défaillante
Presser le crucifix sur sa bouche mourante,
Alors, ne doutant plus d'un malheur trop certain,
Il veut finir aussi son malheureux destin.

Le désespoir mortel s'empare de son âme;
Mais le ministre saint qu'un zèle ardent enflamme,
De la religion invoquant le pouvoir,
A bientôt dans ce cœur calmé le désespoir;
Il l'exhorte à souffrir, sans plainte et sans murmure,
Les maux auxquels soumit notre humaine nature
Ce Dieu qui nous créa de sa puissante main,
Et dont tout reconnaît le pouvoir souverain.
Cependant, les accès d'une douleur cuisante
Provoquent les soupirs de la jeune mourante;
A son époux en pleurs elle a tendu les bras;
Mais ses yeux sont couverts de l'ombre du trépas....
A la clarté du jour sa paupière est fermée,
Sur son sein a tombé sa tête inanimée.
Adieu grâces, beauté, brillants rêves d'amour;
Adieu, doux avenir, adieu donc sans retour!
. . . .
. . . .
. . . .
. . . .

Du moins la jeune fleur qu'un matin vit éclore,
Sur sa tige le soir la voit briller encore;
Elle fait plus d'un jour l'honneur de ce jardin;
L'oiseau traverse en paix un ciel toujours serein;
Mais elle, avant le soir, a fini sa journée;
A peine ouverte au jour, sa rose s'est fanée.
Amours, grâces, pleurez, ah! couvrez-vous de deuil;

Venez parer de fleurs son lugubre cercueil;
Que de leur doux parfum sa jeune ombre charmée
Effleure doucement la toile inanimée.
Les fleurs eurent toujours pour elle des appas:
Qu'une fleur l'accompagne au jour de son trépas.

Pour comble de malheur, en ce jour de misère,
Des fossoyeurs a fui la troupe mercenaire.
Des corps inanimés l'horrible puanteur
Repandait dans les airs la plus fétide odeur.
Ces cadavres nombreux, privés de sépulture,
Achèvent de troubler une faible nature;
Le cercueil même, hélas! manquait aux malheureux
Qu'avait frappés de mort le fléau rigoureux;
Et des chars, revêtus du crêpe funéraire,
Dérobaient aux regards leur lugubre mystère.
Je ne soulève point le funèbre linceuil;
Car trop d'horreurs viendraient épouvanter mon œil:
Livrons-nous aux regrets d'une douleur profonde;
Mais craignons d'affliger le cœur de tout le monde.

Ces tableaux déchirants, ces scènes de douleurs,
Chez le peuple frappé d'épouvante et d'horreur,
Eurent bientôt éteint le rayon d'espérance
Que faisait luire encore une sage prudence.
Convaincu qu'il ne peut échapper à son sort,
Il ne repousse plus le glaive de la mort.

2

En vain de nos docteurs le zèle infatigable
S'efforce d'appaiser le fléau redoutable :
Son invincible bras est toujours le plus fort ;
Eux-mêmes sont frappés d'une funeste mort.

Hâte-toi d'accourir, religion puissante !
Viens montrer aux humains ta force triomphante,
Seule tu peux fléchir le céleste courroux ;
Ce superbe géant va tomber sous tes coups!....
. . . .

Souvent, quand les fléaux pèsent sur la nature,
Et qu'une main secrète, à frapper toujours sûre,
Aux mortels endurcis fait sentir ses rigueurs,
L'homme alors, déplorant ses funestes erreurs,
Pour appaiser enfin la céleste vengeance
De la religion implore l'assistance.

Charles de Mazenod, cet auguste vieillard,
Successeur de Belzunce, a porté son regard
Sur les maux que souffraient ses ouailles chéries ;
Son cœur en est frappé de douleurs inouïes ;
De vaincre le fléau sa grande âme, en secret,
Nuit et jour devant Dieu médite le projet :
Par ses soins vigilants, la troisième journée
Dans Marseille verra, saintement ordonnée,
Une procession dont les heureux effets
Du fléau destructeur arrêteront l'excès.

Le peuple a su déjà la propice nouvelle,
Et les cœurs ont brûlé de ferveur et de zèle.
Dans le malheur, jamais le chrétien vertueux
N'oublia de tourner ses regards vers les cieux.

Elle est venue enfin cette heureuse journée
Qui doit des Marseillais changer la destinée.
La cloche a retenti; la foule des mortels
S'empresse d'accourir au pied des saints autels.
A ce signe sacré que le chrétien révère
Ils adressent leur vive et touchante prière :
Vieillards, mères, époux, jeunes filles, enfants,
Tous viennent devant Dieu brûler un pur encens.

Jamais la piété du peuple de Marseille
Dans ces jours solennels n'offrit plus de merveille :
Des hommes, dont la haute et superbe raison
Naguère s'amusait de la religion,
Prosternés, en ce jour de deuil et de misère,
Ils supplient le ciel d'appaiser sa colère:
Nobles et roturiers, bourgeois et artisans,
Ensemble confondus, prient le Tout-Puissant
D'éloigner le fléau qui gronde sur leur tête.
Déjà la ville a pris un grand aspect de fête;
Dans l'air flottent épars de riches pavillons,
Insignes respectés de toutes nations;
Des drapeaux aux couleurs vives et éclatantes,

Des tentures de soie aux nuances brillantes ;
Leurs replis onduleux, balancés par le vent,
Tour à tour charmaient l'œil d'un tableau ravissant.
Le ciel brillant d'azur, la paisible marée,
Tous les signes certains d'une belle soirée,
Et l'éclat vif et doux d'un soleil radieux
Achevait de former ce spectacle pompeux.
  Sous ce dôme brillant de la voûte éthérée,
A pas lents s'avançait la colonne sacrée :
Un silence profond règne dans tous les rangs ;
Les vierges du Seigneur, vêtues d'habits blancs,
Précèdent le cortége, et leurs bouches pudiques
Répètent de Sion les sublimes cantiques.
A ces chants doux et purs le cœur tout transporté,
Semblait voir un moment l'éternelle cité !

. . . .

  Qu'ils étaient beaux les rangs de ces vierges candides
A la marche modeste, aux paupières timides ;
D'un pas grave, mais doux, un cierge d'une main,
De l'autre un livre ouvert, appuyé sur le sein,
Elles vont célébrant de leur voix virginale
Du cortége sacré la marche triomphale.
  Après elles venait, rangés sur quatre rangs,
L'élite des vieillards et des adolescents.
Sur leurs traits vigoureux la piété réside ;
A leur grave maintien la décence préside.
  Puis viennent tour à tour ces nombreux pénitents

Que la règle commune a dénommés *voyants;*
Ils marchent appuyés sur leurs bâtons gothiques,
Et leurs fronts sont voilés de capuchons antiques.
Du *Parce Domine* les versets suppliants
Se mêlent quelquefois à leurs lugubres chants.
Ces cris du repentir en échos se prolongent,
Et des milliers de voix tour à tour y répondent.
    Des bannières, des croix et de riches guidons
Séparent du Très-Haut les saintes légions.
D'un tout harmonieux ces parties brillantes
A l'œil du spectateur défilaient imposantes.
Une troupe d'enfants, en lévites vêtus,
Autour du dais sacré doucement répandus,
Versaient à pleines mains des roses effeuillées,
Et les rues bientôt en étaient émaillées.
Deux cents prêtres, vêtus de soie, d'or et d'argent,
Précédaient à la fin le Très-Saint Sacrement.
Ils étaient beaux leurs rangs aux couleurs magnifiques!
Les diacres portaient de riches dalmatiques;
Des chasubles ornaient de leur drap précieux
Le clergé de paroisse en ce jour si nombreux.
Les curés et recteurs, chanoines honoraires,
Et l'auguste chapitre, aux membres titulaires,
De chappes revêtus, brillaient d'or et d'argent,
Et formaient du Très-Haut le cortége imposant.
Sous un dais précieux, Monseigneur d'Icosie
Dans ses pieuses mains tenait le Pain de Vie,

Le Très-Saint Sacrement, ce signe respecté
De l'amour d'un Dieu saint mort et ressuscité.
Le maire et ses adjoints suivaient le dais antique,
Et fermaient noblement sa marche symbolique.
En foule prosterné, silencieusement,
Le peuple contemplait ce spectacle touchant.
Depuis longtemps, hélas! la ville infortunée
Voyait la piété dans le temple enchaînée :
Aussi quel zèle ardent et qu'elle vive ardeur
Animent les esprits et remuent le cœur!
Malheur à l'insensé dont la voix sacrilége
Oserait un moment troubler le saint cortége;
Mais partout le silence et le recueillement
Accompagnent le cours du Très-Saint Sacrement.
Mille beaux reposoirs, élevés dans la ville,
Au fils de l'Eternel offraient un doux asile ;
Un superbe brillait devant l'arc triomphal :
C'est là, qu'ayant vêtu l'habit pontifical,
Monseigneur Mazenod, vieillard nonagénaire,
De la solennité consomma le mystère.
Au bruit rapide et sec de dix tambours roulants,
Aux sons harmonieux de divers instruments,
Aux tintements lointains des cloches argentines,
Dans ses pieuses mains les reliques divines
Ont béni tour à tour ces milliers de mortels,
Humblement prosternés au pied des saints autels.
Ici, la poésie, en beaux vers si féconde,

Voudrait tenter en vain de raconter au monde
Quels sublimes pensers, quels divins sentiments
Font naître dans le cœur ces solennels moments!
Le chrétien vertueux lui seul peut les entendre;
Seul il peut les sentir, seul il peut les comprendre.
Ainsi finit ce jour si grand, si solennel,
De la religion monument éternel.......

Le ciel toujours propice à l'ardente prière,
A vu de tous les cœurs le repentir sincère;
Il écoute les vœux d'un peuple infortuné,
Par le glaive de mort tristement moissonné.
Le fléau disparaît de Marseille éperdue
Et va cacher son front dans le sein d'une nue.

Les navires déjà, reprenant leur essor,
Sur la plaine des mers, au loin voguent encor;
Marseille enfin renaît avec toute sa gloire;
Mais de ses maux passés garde encor la mémoire.

FIN.

Marseille. — Imprimerie de Marius Olive, rue Paradis, 47.

www.ingramcontent.com/pod-product-compliance
Lightning Source LLC
Chambersburg PA
CBHW061741180626
46818CB00006B/2692